Also by Vlado Timorov

La socorrista
Historias de sexo
La entrenadora
La viuda

Tabla de Contenido

LA VIUDA
Vlado Timorov

ÍNDICE

1

Hacía quince años que no sabía nada de Vanessa. Muchas veces se pierde la pista de alguien con quien has compartido algo de tu vida, pero, cuando menos te lo esperas, de repente vuelves a encontrarte con esa persona. A veces es simplemente una casualidad, otras veces un encuentro fortuito y totalmente inesperado, otras veces un conocido común te la nombra porque la vio en tal o cual sitio o porque también se encontró con ella...

Vanessa era una chica de mi urbanización o, para ser más exactos, era LA CHICA. Sí, así como suena, así como lo escribo. El ángel rubio que llegó un verano para poner todo patas arriba para revolucionar a todos los chicos que allí vivíamos y que nos juntábamos al caer la tarde, cuando por fin quedábamos libres de las obligaciones del día y podíamos tener algo de tiempo para nosotros mismos.

No sé si habría alguno que no se enamorara de ella. Yo creo que todos caímos, en mayor o en menor grado, si es que acaso el amor puede graduarse. Si es así, yo me quedé pillado hasta las trancas.

Dulce, simpática, inocente... a todos nos parecía estar en el paraíso cuando estábamos con ella, cuando se reía con nuestras bromas, cuando convertía aquellos momentos en lo mejor que nos había pasado aquel día. Viví aquellos días en una nube, dominado por una dulce y a la vez extraña sensación que se había apoderado de mí.

Vanessa era perfecta, una bella flor, una estrella del firmamento y todos los calificativos que uno pueda sacar de una novela romántica. Ese fue el motivo por el que decidí declararme, porque no podía dejar de pensar en ella, porque había mucha competencia, porque todos querían estar con ella, porque no quería que nadie se me adelantara...

Sabiendo el camino que ella solía recorrer todas las tardes cuando salía del gimnasio y llegaba a casa, decidí salirle al encuentro. Tenía que decirle que estaba enamorado de ella y no quería hacerlo en la urbanización, donde seguro que habría testigos o donde, con casi toda seguridad, alguien se acercaría a ella tan pronto la viera.

Cuando llegó la hora en que ella siempre decía que salía del gimnasio, salí de casa y me apresuré. Quería esperarla en un punto concreto por el que sabía que ella tenía que pasar sí o sí a no ser que eligiera otra ruta.

El camino pasaba por debajo de un puente y fue allí donde me encontré a Vanessa. No estaba sola. Tres chicos negros estaban con ella. Dos de ellos la penetraban con movimientos rítmicos y acompasados provistos de una gran intensidad, mientras que el tercero recibía una entregada felación.

Se me fueron las ganas de declararme y, sinceramente, no sé qué fue lo que más me impresionó, si los descomunales miembros de aquellos tres chicos que dejaban el mío a la altura del barro, si el hecho de que ninguno de los cuatro dejara de hacer nada cuando se dieron cuenta de que me los había quedado mirando o si la lujuria y el placer que se veía reflejado en el rostro de Vanessa mientras aquellos sementales se hundían en ella.

El capitán Pina nada sabía de mi vinculación con Vanessa en el pasado; sin embargo, se dio cuenta de que había vivido en la misma urbanización en la que yo le había contado varias veces que había crecido, por lo que entró en mi oficina y simplemente me lo comentó. Si al principio no le presté mucha atención cuando comenzó a hablar, tan pronto pronunció su nombre consiguió despertar todo mi interés.

—Vi que había vivido en *Los Rosales* y recordé que me contaste que tú también —comentó.

Sin entrar en detalles, le confirmé que así era, pero que desde entonces no había habido tampoco un gran trato entre nosotros. No le conté nada de cómo acabó nuestra relación aquella tarde en la que vi lo que vi y de la que durante todos estos años no he sido capaz de hablar con nadie.

—Parece que la vida no le ha ido mal del todo... por lo menos hasta esta noche. Se había casado con Miguel Duque. ¿Lo conoces?

—No, para nada —confesé sin tapujos—. ¿Debería?

—Era uno de los socios principales de la constructora *Arriba*, la que tiene emprendidas varias obras en las afueras, además de tener adjudicadas diversas contratas. Un auténtico pez gordo que manejaba muchísima pasta.

No pude evitar silbar.

El capitán prosiguió con su relato.

—Anoche se quedó trabajando en su oficina hasta tarde. No debía de ser la única vez que lo hacía. Vete tú a saber si siempre era por trabajo o si había algo más. Lo cierto es que esta mañana lo han encontrado muerto de un disparo en la cabeza y con la caja fuerte abierta y más limpia que una patena... limpia de dinero, porque, en lo que se refiere a sangre y por lo que me han contado, ya te advierto que parece haber bastante.

—Pero... y Vanessa... quiero decir, su mujer... ¿no lo echó en falta? ¿No le extrañó que no fuera a casa? —pregunté.

—Como te digo, no debía de ser la primera vez que esto pasaba. No sé si quizá llevaban vidas separadas o si a lo mejor realmente era un sufrido trabajador que velaba por la empresa noche y día mientras contaba con ahínco los billetes.

No hacía falta ser muy avispado para notar el tono sarcástico que utilizaba el capitán y es que no era la primera vez que habíamos tratado con gente de mucho dinero que, nada más vernos, nos habían mirado de arriba abajo y nos habían tratado con un enorme desprecio muy mal disimulado.

—¿Se sabe algo de la vida de Duque? Con quién se relacionaba, si tenía enemigos o problemas con alguien...

—A ti te toca averiguarlo, o sea que ponte en marcha —sentenció, dándome a entender con un gesto que me pusiera a trabajar lo antes posible.

Pillé el coche y no recuerdo haber estado tan asustado en mi vida. Por alguna razón desconocida, mis piernas no dejaban de temblar, hasta el punto de que tuve que parar un par de veces para tomar aire, serenarme y, sobre todo, para no provocar un accidente. No tiene ningún sentido que mienta. No temblaba por una razón desconocida, como he dicho, sino por una que sabía de sobra que no era otra más que por Vanessa.

Lo cierto es que volver a verla, como sin duda iba a tener que hacer, me había sumido en el más absoluto terror. Había sido una persona tan importante para mí y de la que había llegado a estar tan enamorado que no tenía ni idea de cómo reaccionaría cuando la volviera a tener delante y, lo que era peor, de cómo lo haría ella. Quedaba tiempo para eso en todo caso. Ya llegaría el momento. Lo primero no podía ser otra cosa más que ir a examinar el escenario del crimen.

Cuando llegué a las oficinas de *Arriba*, los compañeros habían acordonado la zona. Varias personas se agolpaban en las instalaciones, unas queriendo entrar en el edificio y otras simplemente curioseando. El capitán había dado la orden de que nadie accediera al lugar hasta que lo hubiéramos examinado con detenimiento ya que, de haber pruebas, seguramente las encontraríamos no solo en su despacho, sino también en los pasillos, ventanas... y no podíamos permitir que estas acabaran destruidas por el resto de empleados y por gente deambulando libremente por el lugar.

—¿Qué hay, muchachos?

—Buenos días, inspector. El escenario está en la segunda planta —me informaron.

Agradeciéndoles el dato, me dirigí a donde me habían indicado. Lo primero que vi fue a Martina, una de las policías más jóvenes del departamento, que se encontraba con una mujer a la que acariciaba el brazo y que, a juzgar por su uniforme, debía de ser la encargada de la limpieza. Tan pronto me acerqué, mi compañera me lo confirmó.

—Señora, ¿cómo se llama?

—Sofía —me contestó con una expresión asustada.

—Sofía, no es necesario que se quede aquí más tiempo del necesario. Imagino que le habrán pedido que me espere, pero insisto, podemos hablar con más tranquilidad en otro momento si lo prefiere. Con todo, me ayudaría bastante que me contara algo ahora. Fue usted la que descubrió el cuerpo, ¿me equivoco?

Asintió.

—Sí, señor. No hay mucho que contar en realidad. Empiezo a trabajar a las seis, porque todo tiene que estar ya limpio cuando comienza el ajetreo en la oficina y porque, además, después de aquí, tengo que ir a otros lugares. Llegué y empecé por el fondo del pasillo y por varias oficinas antes de las del señor Duque. Todo estaba en silencio, pero como cualquier mañana. No noté nada fuera de lo normal.

—De manera que usted entró al despacho del señor Duque cuando le tocaba hacerlo, ni antes ni después que otras mañanas, ¿no es así?

Se quedó un instante mirándome como si no me hubiera entendido, pero luego debió de hacerlo, puesto que me respondió con rapidez.

—Sí, sí, así es. Siempre hago mi trabajo en el mismo orden. Dos horas son más que suficientes, por lo que no voy primero al despacho del jefe porque lo sea. Es el jefe de los que trabajan aquí, pero no es el mío, quiero decir. Bueno, era, quería decir.

La recorrió un escalofrío al rectificar en este punto.

—¿Qué es lo que vio cuando entró en el despacho del señor Duque?

—Lo mismo que va a ver usted ahora. No he tocado nada. Abrí la puerta, encendí la luz, lo vi sentado en su silla con la cabeza destrozada, la caja fuerte abierta y todo lleno de sangre. No me pida que le dé más detalles. Tan pronto lo vi, salí corriendo a llamar a la policía y no me he vuelto a asomar.

Empezó a temblar. Descubrir un cadáver en la televisión o en el cine parece que es algo que tampoco es del otro mundo, pero en la vida real...

—Es más que suficiente, Sofía. Muchas gracias. Ya hablaremos en otro momento. Martina, tómale los datos y acompáñala hasta la salida o llévala a donde ella te diga. Hoy no va a trabajar nadie en estas oficinas.

A los cinco minutos, Martina y yo estábamos solos en el despacho de Miguel Duque. Aunque ella no pertenecía a la brigada de investigación criminal, me gustaba contar con los agentes, llamémosles «de calle», puesto que muchas veces tienen más ilusión e incluso conocimientos que aquellos que van de especialistas.

Martina se quedó sorprendida cuando le dije que me acompañara en el escenario, pero no se negó y, no solo eso, sino que me pareció ver un brillo de sorpresa y de ilusión en sus ojos

—¿Han venido ya a sacar las fotografías, las huellas y todo eso? —le pregunté—. Me sorprende que estés aquí sola, la verdad.

—No, todavía no. Nos encargó el capitán que viniéramos, que atendiéramos a la mujer de la limpieza que había descubierto el cadáver y que nos aseguráramos de que nadie tocara nada hasta que usted viniera —me aclaró.

—No me llames de usted —le pedí.

En una situación como aquella todos remábamos en la misma dirección. Las jerarquías me parecían una absoluta ridiculez.

Me sonrió con timidez, aunque dando muestras de complacencia.

—Bueno, vamos al ataque antes de que esto se empiece a llenar de gente. Dime lo que piensas de lo que ves aquí.

—Inspector, yo no soy experta...

—Yo tampoco —mentí—. Cuatro ojos ven más que dos, o sea que pongámonos manos a la obra antes de que vengan los de la prensa.

La descripción de la limpiadora había sido bastante certera, salvo que no había tanta sangre como ella nos había dicho. No cabía ninguna duda de que se había quedado impresionada por una escena que, en todo caso, tampoco tenía nada de agradable, pero que su cerebro había convertido en mucho peor de lo que realmente era.

Sentado en su silla, el constructor se encontraba apoyado en el respaldo, con la vista perdida hacia el techo.

—Parece que le han disparado dos veces —empezó a decir Martina, que se había puesto al lado del cadáver—. La primera bala le pasó de refilón por la cabeza, resbalándole por un lateral cercano a la sien y provocando una amplia brecha por la que salió la sangre que salpicó la pared del fondo.

—Y esa primera bala es la que está aquí —rematé yo por decir algo, señalándola al verla en el suelo y al comprobar cómo su teoría encajaba con la trayectoria.

—Pero hay un agujero de bala perfecto en el centro de la frente... —siguió hablando la chica, que hizo una pausa para examinar la nuca—, bala que debe de seguir alojada en el cerebro, ya que no hay orificio de salida. A simple vista, diría que el asesino disparó una primera vez, no acertó donde él o ella quería y, aunque la primera bala le desgarró toda la zona parietal causando las salpicaduras del fondo, parece claro que lo quería bien muerto, por lo que disparó por segunda vez, acertando de lleno en la frente. ¿Está... estás de acuerdo?

—En cuanto a la sangre —continué yo—, no hay tanta como decía la mujer de la limpieza, pero sí que hay una cuanta.

Había varias salpicaduras a lo largo de la pared, con rastros que evidenciaban que, nada más impactar contra ella, habían goteado hacia abajo escurriéndose. La caja fuerte que había detrás de la víctima, cuya tapa también se encontraba salpicada, estaba abierta. Su interior estaba completamente vacío. Si había contenido mucho o poco dinero era un misterio que tendríamos que resolver, pero lo cierto es que la habían dejado completamente vacía.

—Parece claro que el móvil fue el robo —aventuré, aunque era más que evidente.

Saqué mi móvil y empecé a hacer fotos, lo que llamó la atención de la agente que me acompañaba.

—¿Para qué hace fotos, señor? Quiero decir que ahora van a venir los compañeros fotógrafos.

Me hizo gracia que le costara tanto tutearme pero que, al mismo tiempo, no le hubiera costado nada cuestionar lo que estaba haciendo y que, efectivamente, reconozco que era algo que no era demasiado ortodoxo.

—Tienes razón, Martina, las fotos las van a hacer luego y podremos verlas siempre que lo necesitemos. Esas son las fotos oficiales que sirven para la investigación. Todo lo que no esté allí o no sea declarado como prueba oficial no sirve, pero creo que me puede venir bien tener mis propias fotos para que podamos ver el escenario siempre que queramos por si nos surge alguna duda o algo. Es mucho más rápido que no tener que pedir las oficiales.

La chica asintió sin decir nada.

—Volviendo a lo que estaba diciendo —continué, compartiendo mis pensamientos con ella—, la verdad es que no parece que haya ningún misterio en lo que se refiere al motivo. Esto ha sido un robo que debió de complicarse y por eso el constructor acabó muerto. Habrá que ver si fueron uno o varios los que lo hicieron y me figuro que no será fácil averiguarlo. No creo yo que a este tío le faltaran enemigos.

Justo cuando terminé de decir aquello, aparecieron los de la científica, no sin que antes me guardara el móvil en un bolsillo a toda velocidad por si les acompañaba algún periodista o, lo que era peor, algún picapleitos.

3

Después de abandonar la constructora dejando el terreno libre para que los de la científica pudieran hacer su trabajo sin estorbos, fui a la comisaría. Necesitaba saber algo de la vida de Duque, además de dar tiempo a mis compañeros para que recopilaran las pruebas del caso.

Escuchó con atención todo lo que le conté. Cuando terminé el relato, el capitán se quedó pensando.

—Duque se hizo famoso de la noche a la mañana —comentó—. A ver, lo de famoso es una forma de hablar. Me refiero a que empezó desde abajo, como todos. Primero peón, luego albañil, unos años más tarde encargado de obra... Uno más dentro de la profesión, hasta que un día conoció a su socio.

—¿Un socio? —pregunté.

—Sí, Fran, ya te lo había comentado antes. Estaba asociado con... Iván Morata. Lo he estado mirando mientras estabas en la constructora, porque me imaginaba que vendrías a pedir más información —aclaró—. Iván Morata Ledesma, el socio de Miguel Duque. Mismos orígenes, pero en otra constructora. Debieron de cansarse de los fríos del invierno y de los calores del verano y un día decidieron emprender y convertirse en empresarios.

—Tiene lógica, capitán. No es nada fácil la vida de los que trabajan en la construcción y, lo que usted dice, tan pronto están a cero grados como a cuarenta. Ahora bien, asociarse no tiene nada de ilegal.

—No lo es, efectivamente —me dio la razón el capitán—. Sin embargo, cuando te conviertes en apenas un par de años en una de las empresas más poderosas del país mientras las demás luchan por abrirse paso o directamente se van a pique, el tema se vuelve un poco más truculento.

—¿Truculento? —pregunté.

—Sí, truculento porque es demasiado poco tiempo para crecer tanto —apuntó el capitán—. Cuesta mucho salir adelante, el mercado tiene sus limitaciones..., pero de repente *Arriba* pasa de ser una empresa desconocida a una que empieza a devorar a todas las demás.

—A lo mejor es que recibieron dinero extra de alguien —sugerí.

—No lo descartes. A mí me huele que hay algo mafioso detrás de esto y estoy seguro de que estos dos han recibido dinero negro por un tubo. Ya le he pedido al juez la intervención inmediata de sus cuentas que van a ser examinadas con lupa, si bien tengo claro que, si recibieron ingresos extra, ya se habrán preocupado de que no los detectemos.

—Tendrán ese dinero escondido por ahí, capitán. Quizá era lo que había en la caja fuerte y por eso la desvalijaron tras matar a Duque —aventuré.

—Sí, Fran, seguro, aunque no creo que Duque tuviera en esa caja fuerte ni una décima parte de todo el dinero en negro que le debieron de enchufar a esos dos. Pero está claro que el robo es un móvil y debes investigar a Morata y presionarlo para ver si cuenta algo... porque hay algo más, seguro.

Nos pasó unos papeles con los datos de Iván Morata.

—A por él va a ser a por el primero a por el que pienso ir —expresé con contundencia. Buscaba cualquier excusa para retrasar mi encuentro con Vanessa, que sabía que iba a ser inevitable.

—Me parece bien, por lo que ponte en movimiento a ver qué le sacas.

En las muchas redadas que había tenido que hacer en el pasado cuando estaba a las órdenes de otros inspectores nos habíamos encontrado con todo tipo de objetos, muchos de ellos prohibidos por la ley, pero que los maleantes tenían sin ningún tipo de complejo: cuchillos de caza, machetes, bates de béisbol, catanas, puños americanos... Seré sincero, nunca en mi vida había tenido tantas ganas de tener un puño americano conmigo como cuando tuve delante a Iván Morata.

Cuando llegué a su mansión, que así se las gastaba aquel tipo, me recibió un enorme gorila al que no vi nada convencido de dejarme entrar. hasta que le mostré la placa.

—El jefe está ocupado —se limitó a decir con una pronunciación tan deficiente que dejaba más que claro que no era español.

—¿Cómo que está ocupado? Te he dicho que soy policía y que quiero verlo, pero ya, o sea que dile que deje lo que esté haciendo y que me reciba si no quiere verse envuelto en problemas.

Aquel gorila me sacaba no menos de veinte centímetros y duplicaba en tamaño cualquier parte de mi cuerpo, si bien sabía que era importante no dejarse impresionar por tipos así, algo para lo que, no lo neguemos, tener una placa ayudaba bastante.

Mirándome con desprecio, me dio la espalda y desapareció tras una puerta. En apenas medio minuto, fue una chica que no tendría más de veinte años la que salió de aquella habitación, con zapatos de plataforma, un top muy ceñido que apenas contenían unos pechos operados y, lo que me llamó la atención, una cara por la que se le escurría semen y que me dejó muy claro en qué estaba ocupado Duque.

Chulo y prepotente, apareció justo a continuación de la chica con el torso al descubierto y únicamente vestido con unos pantalones cortos que, a juzgar por lo que había visto, debía de haberse puesto para cubrir lo que hasta hace poco había tenido al aire libre.

—Igor, dale lo suyo a Svetlana. ¿Qué querías?

Cuando se marcharon, no me contuve.

—No le veo muy apenado por la muerte de su socio.

Le cambió la cara. Esperaba teatro por su parte y, desde luego, yo no estaba dispuesto a tragármelo, pero por un instante tuve la sensación de que su reacción no había sido fingida.

—¿Cómo que muerto? ¿Miguel muerto? No lo sabía. ¿Cuándo ha sido? ¡Nadie me ha dicho nada!

Dudando sobre si estaría haciendo comedia o no, intenté ser un buen profesional y le relaté los hechos con neutralidad, como se solía hacer en estos casos.

—Quiero que me cuente todo lo que tenga que ver con el negocio que Duque y usted tenían en *Arriba*.

—¿Qué negocio? ¡No sé de qué me estás hablando!

Me molestó su respuesta y, sobre todo, el hecho de que me tuteara cuando yo le había tratado todo el rato de usted, por lo que decidí hacer lo mismo para ponerme a su nivel y para que en ningún momento pensara que lo iba a tratar con respeto si él no lo hacía a su vez conmigo.

—No te hagas el tonto.

—¡No me estoy haciendo el tonto!

—Te lo estás haciendo y sabes de sobra por lo que te estoy preguntando —insistí—. En apenas dos años, *Arriba* pasa de ser una empresa desconocida a ser de las que más factura, de las que más construye, de las que más contratas obtiene... ¿Cómo se consigue eso tan rápido?

Se encogió de hombros y empezó con evasivas, tal y como yo esperaba.

—Con trabajo duro. Al principio nos costó, como a todo el mundo, pero luego se nos fueron dando bien las cosas. Nos podía haber salido mal, pero nos salió bien. ¿Qué quieres que te conteste?

Me quedé callado un instante.

—Mira, Iván. Te lo voy a explicar de otra manera. Miguel y tú erais unos chavales humildes, que salisteis de la nada, que empezasteis a trabajar como nadie, bla, bla, bla. Vamos a saltarnos toda esa parte porque te voy a ser sincero: me lo creo. Sí, me lo creo.

Se quedó callado sin dejar de mirarme, como esperando a ver a dónde quería llegar.

—Esos dos chavales humildes se juntan, se hacen socios y el dinero empieza a llover de la nada. Mientras las demás empresas construyen uno, dos o tres edificios en un año, *Arriba* levanta diez, doce o quince, esos dos jóvenes se forran, uno de ellos se compra un chalé con piscina como el que tú tienes y, oh sorpresa, cuando hay dinero por un tubo en una empresa en la que todo funciona bien, uno de los dos socios muere y el otro se queda como único beneficiario de todo el negocio.

—¿De qué me estás acusando?

Sonreí. Sabía que había conseguido tocarle la fibra.

—No te acuso de nada, Iván. Solo quiero que me cuentes cómo ves tú este asunto. Yo lo veo así. Dos socios se hacen ricos y, cuando a uno le apetece quedarse el dinero del otro, se lo carga y a disfrutar. ¡La jugada perfecta!

Se quedó callado. Su altivez y exceso de confianza pareció venirse abajo, como si se estuviera derrumbando, como si empezara a asustarse por algo que le estuviera rondando por la cabeza. Decidí aprovechar la situación.

—Iván, escúchame. Se acabó el chollo. Es la realidad. No sé si has sido tú o no, pero el asesinato de tu socio va a provocar que se investigue a fondo todo lo que tenga que ver con vuestra empresa. Todo, Iván, todo. Si os han estado enchufando dinero, lo vamos a saber. Si ese dinero viene de operaciones ilegales, lo vamos a descubrir. Si teníais contactos con la mafia, lo vamos a averiguar. Es mucho mejor que me lo cuentes, porque a lo mejor no es algo que te afecte a ti.

Siguió mirándome sin decir nada.

—No es lo mismo que te trinquen por desfalco, fraude fiscal o evasión de impuestos que por asesinato. Si sabes que Miguel estuviera metido en algún asunto turbio, dímelo, sobre todo si piensas que dicho asunto turbio pueda ser la causa de que se lo hayan quitado de en medio.

Siguió pensando. En su interior debía de estar con ganas de soltar algo, pero parecía que el miedo o alguna otra sensación le impedía hablar.

—Yevchenko.

Le mantuve la mirada sin entender lo que había querido decir.

—¿Cómo que Yevchenko? No te entiendo.

—Mischa Yevchenko. Él ha sido quien nos ha estado enchufando dinero a cambio de... favores.

—¿Qué tipo de favores?

Debía insistir después de que hubiera empezado a hablar.

—Escuche, inspector... Si se entera de que le he contado esto, estoy más muerto que Miguel.

Se había puesto a temblar y no paraba de mirar en todas las direcciones. De repente me llamaba de usted y su chulería parecía haberse esfumado definitivamente.

—¿Blanqueo? ¿Droga? ¿Algo peor? Cuéntamelo, Iván.

Se había quedado callado, como arrepintiéndose de haber nombrado a aquel sujeto del que debo confesar que yo había oído hablar sin saber tampoco gran cosa sobre él.

—Yevchenko tiene varias empresas que no sé muy bien a qué se dedican. Te lo juro. Creo que un poco todo lo que me has dicho. No sé, todo mezclado. Lo cierto es que, cuando Miguel y yo empezábamos con todo esto y no teníamos ni un duro, conocimos a unas chicas que nos acabaron llevando hasta él. Él se nos ofreció a poner nuestra empresa entre las primeras del país si a cambio le ayudábamos a blanquear sus cuentas... bueno, y si le hacíamos los favores que nos fuera pidiendo de vez en cuando.

—¿Qué tipo de favores, Iván? —insistí.

—¡Que no lo sé, joder!

Había querido levantarme la voz, pero en cambio lo había hecho susurrando, como si tuviera miedo de que lo escucharan.

—Todo eso lo llevaba Miguel. Yo me he limitado a aprovecharme de los beneficios. ¿Qué hubieras hecho tú si hubieras tenido una vida de mierda y, de repente, te hubiera empezado a llover el dinero del cielo? Ya te digo que era cosa suya.

—Imagino que con ese dinero sucio es con el que te has comprado esta casa y con el que pagas a tu gorila y a tus chicas —le solté.

Se calló de repente. Le seguí la mirada y fue entonces cuando vi cómo era precisamente el gorila quien nos miraba fijamente desde la distancia.

—Vaya, vaya, ya veo que más que tu guardaespaldas es tu vigilante. Bueno, no te preocupes, Iván. Si todo esto es cosa del Yevchenko este que me dices, no creo que a ti se te carguen hoy. Ya que esta noche le ha tocado a tu socio, qué menos que dejarte a ti un par de días como cortesía. ¿No crees? Estate tranquilo, que ya investigaremos a ese tipo y ya lo pillaremos si ha sido él. Mientras tanto, te recomiendo que no le des la espalda al mastodonte que nos observa.

4

Cuando salí de hablar con Iván Morata —o más bien de presionarlo un poco para que sintiera el miedo en el cuerpo—, tenía más que claro que solo había dos cosas que pudiera hacer: o encerrarme en mi oficina tirando del hilo del tema de Mischa Yevchenko a ver qué podía encontrar o echarle valor y plantarme delante de Vanessa.

La primera opción me permitiría llegar a pistas sólidas y concluyentes con las que poder seguir la investigación y seguro que acabaría destapando varios chanchullos. La segunda... la segunda me aterrorizaba. No había más que decir. Era increíble que me asustara menos investigar a un mafioso ruso que volver a encontrarme con la chica que me había vuelto varios años atrás.

Me quedé un par de minutos sentado frente al volante de mi coche. Sabía que iba a tener que arrancar y dirigirme hacia algún sitio, pero no sabía hacia cuál quería ir. Finalmente, decidí que no podía retrasar más lo inevitable. Podría haber ido a la comisaría y haberle contado al capitán todo lo que me había dicho Iván Morata, pero también tenía claro que, tarde o temprano, me iba a acabar preguntando por la viuda.

Maldije con todas mis fuerzas que se me hubiera adjudicado aquel caso, pero aquello era lo que había. Mi próximo destino no podía ser otro más que encontrarme con Vanessa.

Si ya tenía claro que aquello no iba a ser fácil, todavía me quedé peor cuando vi la enorme mansión en la que vivía. No sé de qué me sorprendía. Si Iván Morata vivía por todo lo alto, ¿acaso no era de esperar que Miguel Duque, su socio, no tuviera también el mismo nivel de vida? Estaba claro, visto lo visto, que a aquel ruso no le habían hecho solo un par de favores, sino que debieron de ser bastantes más a juzgar por lo bien que vivían aquellos dos. Bueno, en el caso de Duque, no se podía ya seguir diciendo lo mismo.

«¿Otra vez con el ruso?» me reproché. «Venga, cruza el umbral y reencuéntrate ya con el pasado».

La verja de entrada estaba abierta y no encontré fuera ningún portero, ni ninguna barrera ni nada que me impidiera el paso, por lo que, aunque primero pensé en aparcar fuera, decidí llegar con el coche hasta donde pudiera. Así, en el caso de tener que salir corriendo, lo tendría más cerca que si lo hubiera dejado fuera.

Llegué hasta la puerta de la mansión. Aquella parecía la típica escena de los telefilms de media tarde, en las que tanto ellas como ellos son guapísimos, multimillonarios y tienen casas ultramodernas en las que cabría la nuestra por lo menos diez veces. Mientras esperaba a que me abrieran, observé a lo lejos cómo un jardinero recortaba un seto. Decidí que, cuando saliera de allí y si todavía estaba, lo interrogaría. No podía dejar de hacerlo. Cualquiera que pudiera contarme cosas sobre la vida de Duque y, por qué no decirlo, sobre el matrimonio o sobre las visitas que ambos recibían, me serviría de utilidad.

De nuevo mi mente se distraía. Volví a llamar a la puerta. Tardaban a abrirme. ¿Por qué no lo hacían? No podía ser que no hubiera nadie. Se me ocurrió pensar que quizá no lo había porque la policía le había pedido a Vanessa que acudiera a las dependencias policiales a reconocer el cadáver o algo por el estilo. Pero, en ese caso... ¿por qué no había sido informado? Todas mis dudas se disiparon de repente cuando se abrió la puerta. Había imaginado que sería una doncella o un mayordomo quien lo hiciera, pero no, no fue así. A quien me encontré fue a la misma Vanessa.

Sé que parecerá un tópico sacado de una novelucha de poca monta, pero lo cierto es que me quedé impactado cuando la vi. Habían pasado los años, sí, pero seguía siendo la misma belleza rubia de la que no había podido despegar la mirada cuando la vi por primera vez.

Su larga melena seguía siendo muy llamativa, aunque, lo diré claro, no tanto como los gigantescos pechos que se había puesto y que apenas podían sostener y cubrir los pequeños tirantes del transparente vestido blanco que llevaba puesto.

Noté su cara de sorpresa. Durante todo el día yo había sabido que iba a volver a encontrármela, que podía retrasarlo más o menos, pero iba a volver a toparme con ella y a tenerla delante. Ella no. Supongo que nunca imaginó que el inspector con quien se encontraría cuando la policía acudiera a verla sería un antiguo vecino y, en concreto, uno de los muchos que habían estado enamorados de ella.

No me molesté en disimular. En otras circunstancias la habría llamado «señora» o algo por el estilo y quizá me habría esforzado en fingir que no sabía quién era, a la expectativa de ver si ella me recordaba o no. En aquella ocasión, no tenía sentido hacerlo. La expresión de su rostro me había dejado claro que me había reconocido y lo que dijo fue más que suficiente para que me diera cuenta de que ella no iba a aparentar no saber quién era yo.

—¡Fran! Eres Fran, ¿no?

—Así es, Vanessa. Soy tu antiguo vecino de *Los Rosales*. No sabía si te acordarías.

Me sonrió, pero sus ojos dejaban ver una enorme tristeza.

—Sabes por lo que vengo, ¿verdad?

—Lo sé. Me lo han dicho esta mañana. No me puedo creer que esto haya sucedido, la verdad. Pasa, no te quedes ahí.

Entré y, de un simple vistazo, pude comprobar cómo el esplendor de aquella inmensa mansión no era algo exclusivo de su exterior, sino también de un interior en el que no faltaban lujosos muebles, cuadros que tenían pinta de ser bastante valiosos y objetos de lo más sofisticados.

—Siento mucho lo de tu marido, Vanessa.

No dijo nada. Simplemente me abrazó y comenzó a sollozar. Me quedé de piedra. Tenía claro que, si no hubiera sido yo, es decir, un antiguo conocido de ella, Vanessa no habría actuado de la misma manera, pero, sin que yo lo esperara, me había convertido en su refugio.

Tardé en reaccionar, pero acabé abrazándola, no pudiendo evitar inspirar la embriagadora fragancia del perfume que se había puesto y que, junto al contacto con su exuberante cuerpo y, en especial, lo diré una vez más, con aquellos dos gigantescos pechos, me provocó una erección instantánea que intenté que ella no notara despegando mi cadera de la suya.

Como reparando en lo extraño de todo aquello, se separó de mí con delicadeza, eso sí, acariciándome el rostro con una de sus manos.

—¿Quieres un café?

—No te preocupes. No he venido con la intención de causarte molestias, Vanessa. Sé que no es un buen momento.

—Lo necesito, de verdad. Créeme que ahora necesito más hablar con un viejo amigo que con un policía. Si no te importa que lo hagamos así, de forma más natural...

—De acuerdo. No hay problema.

No podía decirle que no. Aquello iba en contra de todas las normas. En aquella profesión no se podía confraternizar con nadie, pero el capitán estaba al tanto de que Vanessa había sido alguien especial para mí. Espera. ¿Sabía realmente eso el capitán? No, lo único que sabía era que habíamos sido vecinos, nada más. ¿Aprobaría mi comportamiento tan cercano con ella? Seguramente no, pero tampoco tenía que enterarse de cómo había actuado puertas adentro.

Vanessa vino con una bandeja en la que había un par de tazas y unas pastas.

—Perdona por la forma en la que me he comportado, Fran —empezó a decir—. No esperaba encontrarme contigo y no sé... Ahora que he perdido a mi marido, de repente me he acordado de que quizá no me porté demasiado bien contigo en el pasado. No sé, somos tan estúpidos a esa edad.

—¿Por qué dices eso? —le pregunté sorprendido—. Yo tengo muy buen recuerdo de aquellos años.

Mentía y los dos lo sabíamos. La escena de aquel sexo tan bestial bajo el puente volvió a mí con fuerza y, en especial, el hecho de que, en vez de marcharme de allí nada más sorprenderlos, me hubiera quedado allí hasta que los tres chicos africanos, casi media hora después, se corrieron por todo cuerpo.

—Vanessa, ¿cómo te has enterado de lo de Miguel? —me obligué a preguntar para sacar aquel recuerdo de mi mente y para no admitir, y menos en un momento como aquel, que ver aquello siempre había sido lo de lo más excitante que me había sucedido en la vida.

—Me llamaron por teléfono y me lo dijeron. Me pidieron que no me acercara por las oficinas para no entorpecer la investigación y que ya me llamarían cuando me tocara hacer el reconocimiento del cuerpo. También me comentaron que un inspector se acercaría por aquí y que no me moviera de casa. No me dijeron que ibas a ser tú, aunque, si me hubieran dicho solamente tu nombre, no creo que hubiera podido ni siquiera imaginar que serías tú.

—Siento mucho que nos hayamos vuelto a encontrar en estas trágicas circunstancias, la verdad.

Esta vez no mentía. No podía haber sucedido en un peor momento, si bien, pensándolo bien, si su marido no hubiera sido asesinado, no creo que Vanessa y yo nos hubiéramos vuelto a ver.

—¿Cómo ha sido?

Se lo conté. En un primer momento pensé en ahorrarle los detalles más escabrosos, pero luego pensé que, tarde o temprano, se acabaría enterando de todo aquello que yo no le quisiera contar y lo haría porque tal o cual se irían de la lengua o acabaría cayendo en sus manos alguna foto que alguien sacara de la investigación o que se acabara filtrando a la prensa. Le relaté lo de los dos disparos y compartí con ella mi teoría de que el primero había fallado, aun cuando le había causado la herida que había provocado las salpicaduras del fondo, mientras que el segundo era el que había sido mortal.

—¡Qué forma más tonta de morir! Perdóname, Fran, pero no consigo entenderlo. ¿Perder la vida por dinero? No tiene ningún sentido. Ni aunque te lo fueran a quitar todo. Nada tiene más valor que la propia vida.

Estaba de acuerdo con ella, aunque sus palabras me hicieron pensar que quizá el dinero que Duque había intentado salvaguardar no era suyo y quizá por eso había intentado evitar su sustracción a toda costa, aun cuando eso le había llevado a perder su vida.

—Lo sé, Vanessa, lo sé. Está claro que no le salió a cuenta mostrar resistencia.

Ella ahogó un grito de angustia.

—Era muy terco, Fran. ¿Se sabe si ha sido una o varias personas?

Me apresuré a negar con la cabeza.

—Nada por el momento, Vanessa. Estamos investigándolo todo todavía y, por el momento, no nos ha dado tiempo a averiguar gran cosa. ¿Crees que lo mataron por resistirse?

—Estoy segura de ello —asintió—. Defendía a capa y espada todo lo que consideraba que era suyo, sus valores... todo.

Me quedé pensando en la charla que había tenido con su socio y me costó imaginar a Duque de la forma en la que Vanessa me lo estaba describiendo. Según ella, su marido parecía haber sido la mejor persona con la que uno podía toparse en la vida, pero todo eso no cuadraba con quien, en realidad, no había hecho otra cosa más que enriquecerse mediante asuntos turbios y contactos con la mafia.

Me pregunté si Vanessa sabría algo de todo lo que su marido tenía entre manos y de sus relaciones con Morata o con Yevchenko y sus matones. Confieso que había dejado de escucharla hasta que el eco de su voz me devolvió a la realidad de aquel momento.

—Si fueron varios, debieron de torturarlo hasta que les dio la combinación de la caja fuerte. ¡Qué horror! ¡Qué muerte tan estúpida y sin sentido! Si yo hubiera estado allí con él, Miguel seguiría vivo. Tan pronto hubieran entrado en la oficina, yo misma les habría dado la combinación de la caja y que se llevaran todo sin necesidad de matar a nadie.

Se cubrió el rostro con sus manos y empezó a llorar. La abracé, al igual que ella había hecho primero conmigo antes del café. Respeté su llanto y no dije una sola palabra hasta que no se hubo recompuesto.

—Vanessa, no me importa volver más tarde si lo prefieres, pero me vendría bien que me contaras todo lo que Miguel te hubiera dicho sobre su trabajo o sobre las compañías que frecuentaba.

Me miró con extrañeza con unos ojos que, aunque hinchados, seguían siendo hermosos. Titubeó.

—No hablaba mucho de ello, Fran. Sí que es verdad que en las últimas semanas estaba bastante preocupado por un cliente con el que parecía que estaba teniendo problemas... y no sé, llegó a darme la sensación de que estaba asustado. No paraba de dar vueltas en la cama, no podía dormir, se levantaba millones de veces, estaba de peor humor... Nunca me hablaba mal ni me gritaba ni nada por el estilo, pero sí que es verdad que saltaba por cualquier cosa.

—¿Te suena el nombre de Mischa Yevchenko? —aventuré.

No se perdía nada por intentarlo. A lo mejor lo había nombrado en alguna ocasión. Hice bien en soltarlo.

—Pues... puede ser. La verdad es que no sabría decirte si ese era o no el nombre, pero recuerdo haberlo oído hablar por teléfono y haber escuchado cómo nombraba a alguien que, si no era ese, por lo menos se le parecía bastante.

—De todas formas, Vanessa... ¿qué hacía Miguel en su oficina por la noche? Me parece algo muy extraño. ¿Acostumbraba a hacerlo?

—No era la primera vez que lo hacía. Al principio no, pero en esta última temporada sí que me había dicho que había cosas que no le cuadraban, que sospechaba que le estaban robando y que quería asegurarse de que todo estaba en orden en momentos en los que sabía que no iba a haber nadie rondando por allí. Todo eso comenzó justo cuando él empezó a mostrarse también más nervioso.

Me quedé meditando su respuesta y cambié de tercio.

—¿Y a Iván? ¿Conocías a Iván Morata, el socio de Miguel?

Se sorprendió y me respondió algo que no esperaba.

—Sí, claro. Pensaba que lo sabrías. Iván y yo estuvimos saliendo antes de que yo empezara con Miguel. Los tres nos conocíamos desde hace muchísimos años y... bueno, cosas que pasan.

Nos quedamos en silencio.

—Haré todo lo que esté en mi mano por descubrir lo que ha pasado, Vanessa. Te doy mi palabra.

No me respondió. Me miraba fijamente.

—¿Quieres que hablemos sobre lo que pasó?

Juro que no caí en la cuenta de a lo que se refería.

—¿Cómo de lo que ha pasado? Te he contado todo lo que sé, Vanessa. Hasta que no avance la investigación no sabremos cosas nuevas. Te prometo que te mantendré informada de todo.

—No me refiero a eso, Fran —me interrumpió.

Una sensación de angustia se apoderó de mí cuando comprendí de qué quería hablar. En todo momento había tenido claro que, si el reencuentro entre nosotros era inevitable dadas las circunstancias, tarde o temprano acabaría saliendo el tema, si bien no había imaginado que lo hiciera tan pronto y tan a bocajarro.

—Vanessa... —empecé a decir sin poder seguir.

—Sé que te quedaste muy impresionado, que estabas loco por mí y que no esperabas ver aquello, pero la verdad es que siempre me ha encantado el sexo y me aburría muchísimo aquella imagen constante de niña buena.

—Sí, sí, si no tiene nada de malo que a alguien le guste el sexo —balbuceé, muy incómodo por la conversación—. A mí también me gusta, a ver...

—¿Y entonces por qué ya no me volviste a hablar? ¿Por qué siempre me esquivabas?

Me quedé mirándola. No era capaz de responder. No esperaba todo aquello.

—Me hubiera gustado mucho hacer el amor contigo. Lo de aquellos chicos senegaleses fue simplemente sexo, guarro si quieres, pero increíble y muy placentero. Sin embargo, tú y yo podríamos haber hecho el amor muchas veces.

—Si es que...

Es lo único que me dio tiempo a decir antes de que me besara y antes de que yo, dando rienda suelta a lo que en realidad había querido hacer desde que la conocí, le arrancara los tirantes del vestido y empezara a devorarle las gigantescas tetas que tanto me había estado esforzando en no mirar durante nuestra charla.

—No quiero que hagamos el amor. Solo quiero follarte como lo hicieron aquellos negros.

5

Perdí la noción del tiempo. No sabría decir cuánto tiempo estuvimos follando sin parar en cada rincón de aquella enorme casa, en el sofá, en el suelo, encima de los muebles... Aquello no fueron solamente polvos; fue un sexo ansioso, lleno de lujuria, reprimido durante tantos y tantos años, algo que, encerrado a la fuerza en lo más profundo de mi ser, liberé con todas mis energías.

Sé lo que estás pensando. Acostarse con la viuda en una investigación criminal es motivo más que suficiente como para ser expulsado del cuerpo. Tampoco es nada inteligente, puesto, si algo sabe todo el mundo, aunque solo sea por la literatura y el cine, es que la viuda es siempre la sospechosa número uno.

Todo eso lo pensarás tú, que estás ahí leyendo esto tranquilamente sentado o tumbado en un sofá, pero te aseguro que, si hubieras estado en mi pellejo, es decir, si hubieras tenido delante a Vanessa después de haberte estado reprimiendo durante tantos años, habrías hecho exactamente lo mismo que yo hice, esto es, mandar la profesionalidad a freír espárragos y, por supuesto, hacerlo sin ningún remordimiento ni sentimiento de culpa.

Culpa por aquello desde luego que no, si bien sí por el hecho de que, una vez fuera, se apoderó de mí un sentimiento romántico que sabía que no resultaba conveniente, pero del que sentía que no me podía desprender.

No quería correr, no quería irme lejos de allí, no quería distanciarme de un reencuentro que había sabido que me iba a marcar desde el primer momento en el que el capitán Pina me la había nombrado.

Me quedé pensando en si podría estar asomada a alguna ventana viendo cómo me alejaba, pero lo cierto es que no me atreví a darme la vuelta. Si lo hubiera hecho y ella hubiera estado mirando, me habría dado vergüenza que me descubriera en aquel gesto. Si en cambio ella no hubiera estado, supongo que me habría desilusionado comprobarlo.

La lentitud con la que caminaba y el hecho de estar enfrascado en estos pensamientos me hizo reparar en que el jardinero que había visto al llegar parecía haber terminado su trabajo, puesto que se encontraba sentado en una silla plegable con una lata de cerveza en una mano.

Se me quedó mirando, motivo por el cual decidí acercarme. Si ya me dio la sensación de que me observaba con desconfianza, lo tuve más que claro cuando le enseñé la placa y se puso a la defensiva.

—Solo soy el jardinero. Trabajo aquí, sin más. Ni sé nada ni tengo nada que ver con esta gente.

«Joder, otro chulo al que tengo que aguantar», pensé.

—Haga el favor de estarse tranquilo. Solo me he acercado a hablar con usted, sin más. No pretendo acusarlo de nada.

—Como me has enseñado la placa así sin más...

Me dieron ganas de tratarlo como a Iván y de ponerme a su altura. Me contuve, pero, al igual que me había sucedido con él, sentí que no podía seguir llamando de usted a alguien que no me mostraba la más mínima señal de respeto.

—Te la he enseñado para que tengas claro que soy policía y para que no te sientas engañado en ningún momento ni puedas decir luego que no sabías que lo era.

—¿Y de qué quieres hablar? —me preguntó, persistiendo en su actitud desafiante.

—De la muerte de tu jefe, señor, patrón o como quieras llamarlo. ¿Te habías enterado?

—Yo no tengo ningún jefe. La que me contrató fue la señora y ella es la que me dice qué es lo que debo hacer. Con él no he hablado nunca... tampoco es que esté mucho en casa, si te digo la verdad. No, ya te digo que yo con quien hablo es con ella.

Lo dijo con un aire de suficiencia que, por un sentimiento puro y duro de celos, lo admito, tuve ganas de cortar de raíz soltándole un puñetazo. Siendo objetivo, aquel no era como los jardineros de las películas de media tarde o de las series estadounidenses, pero se les parecía bastante. Alto, guapo y con un torso bastante bien definido, imaginé el motivo por el cual, de ser cierto lo que él decía, Vanessa lo habría elegido entre los diferentes candidatos que ella pudiera haber tenido delante.

—Veo que te estoy hablando de un muerto y ni te has inmutado. Parece que lo único que te ha importado ha sido aclararme que solo te relacionas con la señora de la casa y lo demás te da igual.

Que se lo dijera pareció hacerlo pensar.

—A ver, no es que me dé igual. ¿Cómo me va a dar igual una muerte? Lo único que quiero decir es que yo no lo conocía a él de nada. Lo vi entrar y salir de la casa, pero nada más. Nunca se dignó a saludarme ni se acercó jamás a decirme nada.

Me hizo gracia pensar cómo, al igual que le había pasado a Iván Morata, toda esta gente al principio siempre parece que se van a comer el mundo con su altivez y chulería pero luego, cuando les aprietas un poco las tuercas, no tardan en recular y en cambiar su actitud.

—¿Cómo te llamas?

—Sergio.

—¿Sergio qué más?

—Sergio Terrer.

—Mira, Sergio, no tienes que ponerte a la defensiva. Si esto fuera una novela o una película, estarías en una situación complicada. Mayordomos, chóferes y jardineros siempre lo están. Pero esto es la vida real y no voy a sospechar nada de ti porque sí. No creo que tengas nada que ver con lo que le ha sucedido al marido de tu jefa, pero si trabajas aquí y vienes a menudo, es posible que sí hayas visto u oído algo que me pueda ayudar.

Se encogió de hombros.

—No creo que pueda ser de mucha ayuda. Yo vengo aquí...

—¿Todos los días? —lo interrumpí.

—Sí, así es. El jardín que tienen estos es inmenso y siempre hay mucho trabajo. Cuando no es una cosa es otra, pero ya te aseguro que no paras ni un segundo.

Me quedé un momento callado.

—Me has dicho que nunca llegaste a hablar con Miguel Duque, el marido de Vanessa, ¿no es así?

Asintió.

—Supongo que entonces, efectivamente, no me vas a ser de gran ayuda. De todas formas, lo veías entrar y salir. ¿Iba solo? ¿Acompañado? ¿Alguna persona que lo acompañara más de la cuenta? ¿Alguien que te llamara la atención?

Volvió a encogerse de hombros y me temí que se cerrara en banda.

—No me empieces con el típico «yo no sé nada, yo no vi nada, trabajo tanto que no me fijo».

—No sé... Mujeres ninguna, si es lo que me estás preguntando, pero claro, si estaba liado con alguna, tampoco iba a ser tan tonto de traerla aquí... además con la mujer que tiene.

No dije nada, aunque apreté los dientes.

—La verdad es que él siempre entraba y salía solo.

—¿Ella nunca lo acompañaba?

Reconozco que formulé la pregunta más por una curiosidad personal que por otra cosa.

—Yo no los he visto nunca juntos. De todas formas, piensa que yo estoy aquí por las mañanas y alguna vez por las tardes, pero nunca por la noche. Si alguna vez han salido a cenar o de fiesta, eso no te lo puedo contestar. Quiero decirte que el hecho de que yo no los haya visto juntos durante el día no significa que no salieran.

Me dio coraje pensar que no le faltaba razón.

—Sigue —le invité para borrar de mi rostro cualquier gesto de contrariedad.

—No, lo que te decía. A él siempre lo he visto solo, pero sí que es cierto que un par de tardes vinieron a verlo gente que no me gustó un pelo. Tenían algo. Malas pintas... no sé cómo decirlo.

—¿A qué te refieres con malas pintas?

—No lo sé, de verdad. Fue una impresión. No quiero decir del estilo que todos relacionaríamos con un atracador callejero. No, no. Estos estaban perfectamente trajeados y, aunque tampoco me acerqué a ellos, ya te digo que me parecieron trajes caros. ¿Y el coche? No sabría decirte marca y modelo, pero también te puedo asegurar que era de alta gama.

—Entonces... ¿qué es lo que no te gustó de ellos?

Titubeó.

—Pues que eran auténticos armarios roperos. Fíjate que yo voy al gimnasio y tal porque me gusta cuidarme, pero no me gustaría tener que pegarme con aquellas mulas porque tengo claro que no les duraría ni cinco segundos. Te juro que parecían un grupo de luchadores o boxeadores o algo así.

—Entraron en la casa, me figuro.

—Sí, sí. Me quedé observando y vi cómo les abría la puerta él. No tienen criados ni nada por el estilo.

—Ya lo he visto. ¿Qué más pasó? ¿Pudiste ver qué cara ponía el dueño cuando vio quiénes eran?

—Se asustó —afirmó con rotundidad—. Lo tengo muy claro. No debía de esperarlos y le pilló por sorpresa encontrárselos allí.

—¿Hablaron de algo? ¿Los oíste?

Estaba claro que me iba a decir que no, puesto que, si era verdad lo que me había contado, había visto todo desde la distancia y era más que evidente que era imposible que hubiera oído algo; con todo, decidí asegurarme, aunque no me sorprendió su respuesta.

—Ni una palabra. Estaba lejos y ya te digo que la cara de aquellos tipos no hizo que me apeteciera meter la cabeza. Sí te puedo decir que él se quedó blanco cuando los vio y enseguida se apartó para dejarlos pasar. Tampoco habría podido impedirlo, te lo aseguro. Se metieron en la casa muy de malas maneras y salieron... no sé, una hora o así después. Solo los de los trajes. Él no los acompañaba ni salió a despedirlos ni nada.

Suspiré y tuve una corazonada. Saqué mi móvil y, efectivamente, al haber estado hablando de él, el capitán me había mandado un mensaje con la foto de Mischa Yevchenko, lo que había hecho mientras yo conversaba con Vanessa sin que me hubiera enterado.

Se la enseñé al jardinero, quien negó con movimientos de cabeza.

—¿Estás seguro de que este no era uno de ellos? Sergio, después de haberme contado lo de esos visitantes, ahora no tiene sentido que me mientas o que me intentes ocultar algo. Fíjate bien.

Insistió en su negativa, volviendo a ponerse agresivo o, cuando menos, nervioso.

—¡Te estoy diciendo que este no estaba con ellos! ¿Por qué iba a mentirte después de habértelo contado? Me tendría que haber callado, joder.

—Tranquilízate, haz el favor. No la vayas a liar ahora.

—Además, ese tío es muy viejo. Los que yo vi tendrían veintitantos, no más —añadió, suavizando el tono.

Me quedé pensando en que, de nuevo, tenía razón. Claro que podía haberse personado Yevchenko en persona, pero, dependiendo del mensaje que quisiera transmitirle a Duque, lo que no parecía que hubiera sido nada amable, que él hubiera estado presente no habría sido desde su perspectiva más que asumir riesgos innecesarios cuando perfectamente podría haber mandado a sus hombres a que hicieran el trabajo, fuera cual fuera.

Desvié la atención y reparé en un pequeño cobertizo cuya puerta estaba abierta.

—¿Qué hay allí?

El jardinero se giró para ver qué estaba mirando.

—Las herramientas. Un poco de todo. Yo creo que lo utilizan como un trastero para guardar todo lo que no quieren tener en la mansión... aunque no creo que sea por falta de espacio —reflexionó—. Vamos, todo lo que yo utilizo para cuidar el jardín o para el mantenimiento de la piscina lo tengo allí dentro.

Sin decirle nada más, eché a andar hacia el cobertizo. Lo había descrito bastante bien. Allí había de todo: palas, rastrillos, un carretillo, sierras, cubos de plástico, un sofá desgastado... La verdad es que llamaba poderosamente la atención encontrarse con todo aquello en un ambiente, el de la mansión y el del jardín, en el que todo rezumaba lujo por los cuatro costados. Aquello era como un micro mundo al que se hubiera arrojado todo lo viejo, todo lo inservible, todo aquello que no encajaba con el estilo de vida de los Duque García.

Entre todos esos objetos, lo que más me llamó la atención fue una escopeta, que estaba en el suelo apoyada contra la pared.

—¿Por qué está esta escopeta aquí?

—¡¿Y a mí qué me preguntas?!

«Otra vez se pone a la defensiva» fue lo que pensé cuando escuché al jardinero responderme así y de nuevo elevar el tono de voz.

—Tú eres el que entra aquí, Sergio. No me imagino a la señora de la casa viniendo aquí y, por lo que estoy conociendo acerca de su marido, la verdad es que tampoco lo veo en este cobertizo.

—Yo vengo aquí a por mis herramientas. Entro y salgo todos los días y lo hago varias veces, de acuerdo, pero no toco nada que no sea mío y te aseguro que los jardineros no trabajamos con escopetas.

De nuevo se volvía a poner nervioso.

—Vale, ahora ponte en mi lugar. ¿Tú crees que es normal guardar un arma de fuego así, de cualquier manera, en un cobertizo pudiendo hacerlo en el interior de la mansión? ¿Me quieres decir que el matrimonio no tiene un armero? Se lo voy a preguntar a tu jefa y espero que no me diga que le ha desaparecido un arma de dentro de la casa porque entonces te juro que me voy a poner muy pesado hasta que no averigüe qué hace aquí.

—¿Qué estás dando a entender?

Sonó como un desafío ante el que debo reconocer que me acongojé. Aquel tipo era realmente alto y fuerte y sus músculos empezaron a tensarse tan pronto le nombré la escopeta.

Pese a ello, tuve claro que no me convenía mostrar ante él ninguna señal de debilidad.

—No estoy dando a entender nada, aunque teniendo en cuenta que al dueño de esta casa se lo cargaron anoche con un par de tiros en la cabeza y que veo una escopeta en un lugar en el que no esperaba encontrármela, pues ya me dirás tú qué quieres que piense.

Se quedó callado unos instantes, pero luego se defendió de forma muy lógica.

—Pues yo lo que pensaría es que las armas que debes buscar son las que tengan aquella panda de matones que vinieron a verlo y no una escopeta abandonada junto a mil trastos más en un cobertizo. ¿Que qué hace aquí? No lo sé. Cada uno guarda lo que quiere donde quiere.

—¿Por qué dices lo de abandonada? Aquí hay muchos objetos cubiertos de polvo, pero no es el caso de esta arma que no está reluciente, pero sí demasiado limpia.

—¡Claro! Le pego dos tiros a mi jefe, así, sin venir a cuento, porque sí, aunque nunca cruzara palabra con él. Lo mato y dejo el arma en el único lugar en el que podría incriminarme cuando hay millones de sitios lejos de aquí en los que podría haberme desecho de ella. ¿No te das cuenta de que no tiene ningún sentido?

La verdad es que no lo tenía y, en el fondo, sabía que aquella escopeta no tenía nada que ver con el asesinato de Miguel Duque, puesto que el orificio que había causado la segunda bala en el centro de la frente era demasiado pequeño como para proceder del arma que yo tenía delante en aquellos momentos. Con todo, seguía sin tener claro qué hacía allí, tan a la vista, tan poco disimulada. Claro, que si a mí no se me hubiera ocurrido entrar en aquel cobertizo...

—¿Sabes si alguien más entra aquí, Sergio?

Ahí no fue nada elusivo.

—Que yo sepa no. Que yo sepa, solo lo hago yo. Vanessa me dio la llave cuando me contrató para enseñarme dónde guardaban las herramientas. ¿Quién más iba a entrar? ¿Para qué?

No respondí y me limité a seguir mirándolo.

—Mira, tío. —«¡Qué pronto pasa este de la chulería al colegueo!», pensé —. Entiendo que tengas que hacer tu trabajo, pero te juro que nunca había visto esa escopeta ahí. No te voy a decir que no estuviera. Quizá sí, no lo sé. Nunca me había fijado en ello, como tampoco me he puesto nunca a cotillear qué guarda aquí el matrimonio. Sencillamente, yo vengo, me pongo la ropa del trabajo, cojo las herramientas que necesito y salgo a trabajar. Cuando termino, dejo todo, me vuelvo a poner la ropa de la calle y me voy. Así de simple.

No podía negar que era convincente, pero llevaba ya muchos años encontrándome con multitud de personas que parecían serlo hasta que se demostraba todo lo contrario.

—De acuerdo, Sergio, pero me voy a llevar el arma para que la analicen. Si es la primera vez que la has visto porque estaba entre el resto de trastos en los que no te fijas, es evidente que no tendrá ninguna huella tuya ni nada que te comprometa, por lo que puedes estar tranquilo. Entretanto, no salgas de la ciudad por si acaso te vuelvo a necesitar.

Con aquella frase tan típica de película, cogí el arma empleando un pañuelo y abandoné las propiedades de los Duque García, no sin antes mirar inconscientemente hacia la mansión y darme la sensación de que una llamativa mujer rubia nos observaba desde una de las ventanas.

6

Si has llegado hasta aquí, imagino que ya tienes más que claro lo increíblemente mal que llevé esta investigación. Jamás te culparé si piensas que, si le sucede algo a alguien de los tuyos, sería mejor que nunca me cruzara en tu camino. No te lo reprocho.

Desde luego, no hay más ciego que el que no quiere ver y de eso, de que me diera cuenta, se encargó el capitán cuando me llamó para que acudiera a su oficina a media tarde.

—De la escopeta no hemos sacado ninguna huella —empezó a informarme—, pero ya te digo que esa no es el arma del crimen porque la bala que hemos extraído del cráneo de la víctima al hacerle la autopsia es de pistola, concretamente de una Magnum... por no hablar de la que le abrió toda la sien provocando las salpicaduras de la pared. Esa la encontramos en una esquina de la habitación.

—Lo sabía, capitán —admití—. Lo de que no era la escopeta porque no encajaba con el orificio de bala que yo había visto en la frente de Duque. Si hubiera sido la escopeta, habría causado mucho más estropicio. Lo que pasa es que me extrañó verla allí tan... no sé, tan fuera de lugar. Daba la sensación de que era como cuando cogemos algo de un armario o de una estantería, lo utilizamos y después no lo volvemos a dejar en el mismo sitio, ¿me entiende?

Movió la cabeza enérgicamente.

—Sí, por supuesto. No tiene tampoco ninguna lógica que estuviera perfectamente limpia y no hubiera ni rastro de polvo. Si de normal se hubiera guardado allí, lo habría, como en el resto de los objetos. Ahora bien, que no haya ni siquiera una huella es llamativo porque significa que la limpiaron a conciencia. Ahora bien, ¿para qué? ¿Qué sentido tiene una limpieza tan exhaustiva si, que sepamos, no es un arma que se haya utilizado en ningún delito?

Solté la pregunta que me había estado rondando desde la hora de comer.

—¿Se sabe de quién es?

—Afirmativo —confirmó el capitán, en la línea de lo que imaginaba—. Está a nombre de Miguel Duque, la víctima. Vanessa, la viuda, nos ha dicho que sabía que su marido tenía armas, pero que no tenía la menor idea de dónde las guardaba y que él siempre le insistía en que había determinados aspectos de su vida en los que era mejor que ella no se viera envuelta.

Nos quedamos callados por un instante.

—¿Qué tenemos, Fran? Vamos a pensarlo un poco.

No había dejado de darle vueltas a algo que no me encajaba y así lo verbalicé en presencia del capitán.

—Ninguno de los sospechosos termina de encajar con el móvil del robo.

—¿Sospechosos? ¿Hay varios? Creía que todo apuntaba a Mischa Yevchenko.

—Sí, capitán. Eso es lo evidente. Efectivamente, todo apunta a él. Tenemos el terror que Iván Morata le tiene y el hecho de que se encuentre constantemente vigilado por uno de sus hombres. Su guardaespaldas es en realidad su peor enemigo.

—¿Por qué el socio tiene un vigilante permanente y en cambio Duque parecía no tenerlo? Quiero decir que sí, que, según te ha contado el jardinero, recibió una visita de los hombres de Yevchenko e imagino que no sería la única, pero no es lo mismo que te visiten de vez en cuando que que tengas a un hombre pisándote los talones día y noche —intervino el capitán.

—Ya... quizá Yevchenko se fiaba más de Duque que de Morata. Al primero lo asustaba de vez en cuando, pero al segundo parece que decidió vigilarlo constantemente, como usted dice.

—¿Qué has querido decir con lo de que ninguno de los sospechosos te encaja con el robo?

Carraspeé.

—A ver, lo que yo veo aquí es a gente con mucha pasta. No creo que nadie tenga la necesidad de ir asesinando a los demás en mitad de la noche para robarle los billetes que pueda haber en una caja fuerte.

—Fran, en una caja fuerte pueden guardarse cosas mucho más valiosas que unos billetes —objetó el capitán.

—Lo sé —admití—. Pero es que aquí están todos forrados... o por lo menos eso es lo que aparentan.

—Lo están —corroboró el capitán—. Hemos investigado sus cuentas y ninguno pasa apuros a fin de mes... a excepción del jardinero, que va bastante justo. Los demás tienen unos cuantos millones en el banco, incluida la viuda.

—¿Y usted cree que el jardinero se presentó de noche en la oficina de Duque para robarle, capitán?

Negó con la cabeza y acompañó este gesto con la rotundidad de sus palabras.

—No lo termino de ver. Duque era un tío conocido y no creo que el jardinero no supiera quién era el marido de la mujer que lo había contratado y que este era uno de los socios de *Arriba*, especialmente después de que lo visitaran los matones... si es que lo eran. No, Terrer sabía dónde trabajaba Duque, pero no me lo imagino visitándolo de madrugada para desvalijarlo. A todo esto... ¿qué hacía Duque en sus oficinas en mitad de la noche? ¿Has podido averiguarlo?

Le conté lo que Vanessa me había explicado cuando le había formulado aquella misma pregunta.

—Es decir, que la muerte de Duque pudo ser una trágica coincidencia. Así como estaba allí cuando lo visitó su asaltante o asaltantes, podría no haber estado y entonces seguiría vivo —concluyó el capitán.

—Pero es que no veo que nadie tuviera necesidad de robarle —insistí—, a no ser que, como usted dice, fuera otra cosa distinta lo que hubiera en la caja fuerte. Parece que había descubierto algo que no le gustaba. Las cosas que no le cuadraban, según las palabras de su mujer. Aquello que hacía que se pusiera nervioso.

—¿Sospechaba de su socio y por eso revisaba de noche los papeles y las cuentas de la empresa para pillarlo? ¿Algún desfalco quizá?

Lo medité.

—Podría ser y quizá la situación era mucho más grave de lo que podría haber sido en una empresa llamémosla «normal», pero esta no lo es. Esta ha recibido dinero de la mafia, esta les hace favores, esta seguramente les blanquea dinero negro... Que no te salgan las cuentas cuando luego tienes que rendirlas delante de la mafia no es una situación muy recomendable, la verdad.

El capitán se retrepó en su silla.

—Hay que apretarle las tuercas a Yevchenko para obligarle a que nos cuente todo lo que tenga que ver con *Arriba*, pero yo no descuidaría tampoco al socio de Duque.

—Estoy de acuerdo, capitán. De hecho, me parece el principal sospechoso. Imagine que se enteró de que su socio había descubierto lo que fuera que estuviera haciendo. Imagine que estaba robando y sabía que robarle a él era también robarle a la mafia y, por qué no seguir imaginando, que había algo que le comprometía y que sabía que Duque guardaba en su caja fuerte.

El capitán no hizo ningún comentario, lo que interpreté como una invitación para que siguiera exponiéndole mis teorías.

—Iván Morata se entera de que Miguel acude por las noches a las oficinas de la constructora para examinar los papeles de la empresa. Él sabe que solo busca pillarlo. No lo puede permitir. Se presenta por sorpresa. No hay nadie en *Arriba*, solo Miguel. Lo encañona con el arma y le obliga a que le diga qué tiene contra él. Duque, asustado, le confiesa lo que ha descubierto y que tiene documentos que lo demuestran. Iván imagina que los tiene en la caja fuerte, le obliga a que le dé la combinación y, cuando lo ha hecho, lo mata para silenciarlo, destruyendo cualquier prueba que pudiera haber en su contra. ¿Lo ve factible, capitán?

Se tomó un tiempo en responder, como si estuviera valorando todas las posibilidades y la lógica de los acontecimientos que le había relatado.

—Puede ser —comentó al final—. Tiene todo el sentido del mundo.

—Tenemos que investigar a fondo a Yevchenko y a sus hombres, capitán, pero ya le digo yo que ha sido Iván Morata, el socio. A los primeros los podremos acusar de extorsión, de blanqueo de capitales y de mil cosas más, pero al segundo lo vamos a encarcelar por asesinato, ya lo verá.

Me puse en pie decidido. La charla había durado demasiado y temía estar haciéndole perder el tiempo al capitán. Por otra parte, estaba tan convencido de lo que le había expuesto que, aunque ya se había hecho tarde, me moría de ganas de encontrar algo firme con lo que poder inculpar al socio.

—Fran —me detuvo antes de que pudiera salir por su puerta.

Me volví hacia él.

—Dígame, señor.

—Hemos hablado de todos, menos de una persona.

Caí al momento en quién estaba pensando. No era tan difícil adivinarlo, pero preferí hacerme el tonto.

—¿De quién, capitán?

Me miró sin responderme. Me conocía lo suficiente como tener más que claro que yo sabía de sobra que se estaba refiriendo a Vanessa.

—¿La conoces bien? Llevabas quince años sin verla.

Intenté no mostrar ninguna emoción, pero no pude evitar que viniera a mi mente el sexo salvaje y apasionado que habíamos tenido sin que nos importara nada a ninguno de los dos.

—¿Qué quiere decir, capitán?

—Lo que quiero decir es que llevamos todo el rato hablando de mafiosos, de socios corruptos, incluso de jardineros con escopetas, pero apenas hemos hablado de ella.

Me quedé clavado en su puerta, agarrando el pomo.

—Ya, ya sé. Siempre que hay una muerte, las parejas se convierten en sospechosas por definición. Eso ya lo sé, es de manual. Sin embargo, en este caso... Vanessa estaba destrozada por la muerte de su marido... No, capitán, la verdad es que no veo ningún motivo para dudar de ella, si le soy completamente sincero.

El capitán suspiró profunda y ruidosamente.

—Es que a mí hay una cosa que no me cuadra, Fran. No he estado en las oficinas, pero he visto las fotos que ha hecho la científica y he visto que las salpicaduras de sangre que fueron a parar a la pared y a la tapa de la caja lo estaban por fuera, pero no por dentro.

Esta vez fui yo quien me quedé mirándolo, esperando a ver a dónde quería llegar.

—Si lo hubieran matado después de abrir la caja fuerte, la sangre habría alcanzado su interior y precisamente sería la tapa la que estaría limpia. Lo que he visto en las fotos demuestra que lo mataron antes de abrir la caja, lo que implica que el asesino o asesina conocía la combinación y no le hacía falta en realidad que Duque se la dijera.

Un enorme escalofrío recorrió todo mi cuerpo al recordar que Vanessa había dado a entender que la conocía cuando hizo el comentario de que, si hubiera estado allí, ella misma se la habría dado a los asaltantes para evitar que torturaran a su marido.

—Duque pudo haberles dado la combinación y que lo mataran tras conocer cuál era —fue mi primera objeción.

—¿Y tú crees que se habrían arriesgado a hacerlo antes de comprobar si les había dado la combinación correcta? Cualquier agresor que no conociera la combinación nunca lo habría matado hasta comprobar que le había dado la correcta abriendo la caja, por lo que, si lo mataron antes de abrirla como demuestran las salpicaduras, es porque quien lo hizo no necesitaba en realidad que Duque le diera ninguna combinación.

—Pudo ser Iván. Es lógico que él conociera la combinación de la caja fuerte del despacho de su socio —fue mi segunda objeción, una idea que ni yo mismo me creía.

—Si sospechaba de su socio y lo estaba investigando, ¿tú crees que Miguel Duque habría mantenido una contraseña que Iván conociera? ¿No crees que la habría cambiado? Además de que ser socios no implica que lo compartan todo o que todos los socios de una empresa conozcan todo sobre los demás.

La tercera objeción fue patética.

—Yevchenko...

Fue lo único que pude decir, motivo por el cual el capitán no necesitó grandes argumentos para rebatirme.

—Yevchenko... ¿qué?

No hubo una cuarta objeción. No la pude encontrar.

—Vanessa hizo un comentario en el que dio a entender que conocía la combinación —admití.

El capitán se puso en pie tras escuchar mis palabras.

—A ver, no nos pongamos nerviosos ni saquemos conclusiones precipitadas. Nada significa necesariamente nada, pero creo que, aunque sea ya un poco tarde, vamos a ir a ver a la viuda para ver si podemos aclarar las cosas, ¿vale? Venga, Fran, te acompaño.

Ni él ni yo cruzamos una sola palabra mientras nos dirigíamos hacia mi coche. Lo hicimos apretando el paso, siendo bastante conscientes de que el tiempo era oro. Una enorme sensación de desasosiego se había apoderado de mí y eso me hizo hundir el pie en el acelerador e incluso saltarme varios semáforos en rojo.

Cuando me vio hacer todo aquello, el capitán nada dijo, así como tampoco lo hizo cuando llegamos a una mansión que se encontraba completamente a oscuras y en la que no había ni el menor rastro de Vanessa.

7

Nunca más volví a ver a Vanessa. Creyendo ingenuamente en su inocencia y en que todo aquello no podía ser más que una historia de corruptos y mafiosos, la busqué con desesperación toda aquella noche. No acabé en la barra de un bar porque nunca en mi vida había afrontado los problemas de aquella manera, pero estuve igualmente hundido y la sensación que tuve después de lo del puente y, en especial, cuando ella se fue de mi urbanización y tuve claro que ya no la volvería a ver, se apoderó de nuevo de mí.

Al día siguiente, fuimos capaces de demostrar todas las operaciones ilegales que las empresas de Mischa Yevchenko habían desarrollado a través de *Arriba*, lo que nos permitió a su vez detener a Iván Morata por fraude, blanqueo de capitales y no sé cuántos cargos más de índole económica.

Actué como un zombi, dejándome llevar por un capitán Pina que dirigió las operaciones. Aunque estuvimos tentados a hacerlo con unas personas que, al fin y al cabo, no eran más que gentuza, no pudimos achacarle a ninguno de ellos el asesinato de Miguel Duque porque no había sido ninguno de ellos. La persona responsable había vuelto a salir de mi vida por segunda vez.

Un mes después me llegó una carta. No un correo electrónico, no un SMS, no un WhatsApp. Una carta postal, como aquellas que tanto se mandaban antes cuando no era difícil, por no decir casi imposible, encontrar un buzón en tu ciudad.

Me llegó a la comisaria en un momento en el que no estaba, así que me la encontré encima de la mesa. Adiviné al momento quién me la había escrito cuando vi que mi nombre estaba escrito a bolígrafo y aun cuando no constaba el remitente. Venía de una ciudad del este de Europa cuyo nombre no recuerdo ahora. Es lo de menos. Tuve clarísimo que ella ya no estaría en esa ciudad. No pude leerla hasta llegar a casa.

No hace falta que te diga quién soy. Lo sabes de sobra. Nunca pensé que fueras a aparecer tú aquella mañana. Me quedé muy sorprendida, la verdad, pero supe desde que te vi que no tardarías en darte cuenta de que había sido yo. Sabía que era cuestión de tiempo que volvieras. No me podía quedar esperándote. Tenía muy claro que, cuando aparecieras, no sería para otra cosa más que para llevarme contigo.

Antes de que me juzgues, quiero que sepas que Miguel no fue nunca un hombre cariñoso. Lo fue al principio, pero todo cambió cuando el dinero empezó a llegar a nuestra vida. Cantidades enormes, mucho más de lo que cualquiera hubiéramos sido capaces de soñar. Más que suficiente para que me mudara de la urbanización en la que nos conocimos a la enorme mansión en la que me encontraste.

Aquella mansión fue siempre una cárcel para mí. No podía salir, no me permitía ir a ningún sitio sin él. Él lo llamaba «protección», yo ser la constante prisionera de un ser que se había vuelto extremadamente celoso y posesivo, aun cuando se echaba a temblar como un cascabel cuando venían a visitarlo los delincuentes de los que se había rodeado.

Hablé con el jardinero cuando te marchaste. No me costó nada conseguir que me contara con pelos y señales todo lo que habló contigo.

Te tengo que admitir que los matones, como me dijo que los habíais llamado, fueron mi salvación. No te digo que no fueran delincuentes o de lo peor de la sociedad, pero a mí me sacaron de aquella jaula, obligando a aquel animal a que me respetara.

No te voy a contar lo que hacían cuando venían a casa y obligaban a Miguel a que observara como castigo todo lo que hacía con ellos delante de él. Sí, te hablo más o menos de lo mismo que viste aquella tarde bajo el puente... solo que sucedió muchas más veces, siempre que a ellos se les antojaba.

No te quiero decir que no disfrutara de aquellos maravillosos hombres follándome sin parar delante de mi marido, ese maltratador psicológico que se creía por encima de todos. Lo disfruté muchísimo y lo sigo haciendo, la verdad, aunque afortunadamente ya me haya librado de ese ser tan posesivo.

¿Hice bien en hacer lo que hice? No lo sé. Imagino que ya me habrás juzgado, pero no te culpo por ello. No sabes lo que es vivir todos los días con la sombra del miedo, con las amenazas, con los gritos, con los engaños... No sé si conseguí engañarte con lo de la caja fuerte. No creo que lo hiciera. No tenía ningún interés en el dinero que había dentro. Dinero, dinero, más dinero, siempre dinero. ¿Para qué más dinero? Solo quería que la policía pensara que había sido un robo cuando no había sido otra cosa más que acabar con aquel ser abominable.

¡Ay, se me olvidaba! Te reconozco que actué mal, pero fui yo quien metió la escopeta en el cobertizo para crear una pista falsa. Vi que te la llevabas, aunque te juro que luego me arrepentí de haberle hecho eso al pobre Sergio. No se lo merecía. Se enamoró de mí nada más verme.

¿Podía haberme ido sin más? Sí, podría haberlo hecho, pero aquel monstruo seguiría vivo y haría daño a otras personas, a otras chicas, a otras mujeres.

No me busques, Fran. No lo hagas porque no me encontrarás. Quizá volvamos a encontrarnos otro día, el menos pensado, dentro de otros quince años.

La carta no estaba firmada. No me hubiera costado pedirle a un perito que determinara su autoría comparando con otros escritos que localizamos de Vanessa. Lo habría hecho al momento y entonces me habría encontrado con una confesión que, a su vez, me habría permitido pedir una orden internacional de búsqueda y detención.

No hice nada de esto. Me guardé la carta para mí y sé que nunca podré desprenderme de ella.

Don't miss out!

Visit the website below and you can sign up to receive emails whenever Vlado Timorov publishes a new book. There's no charge and no obligation.

https://books2read.com/r/B-A-GHBOB-SJGZE

BOOKS 2 READ

Connecting independent readers to independent writers.

Also by Vlado Timorov